闲尘醉月

XIAN CHEN ZUI YUE

诗词集

姜凌/著

光明日报出版社

图书在版编目（ＣＩＰ）数据

闲尘醉月诗词集 / 姜凌著. -- 北京 ：光明日报出
版社，2019.1
ISBN 978-7-5194-4824-0

Ⅰ．①闲… Ⅱ．①姜… Ⅲ. ①诗词－作品集－中国－
当代 Ⅳ. ①I227

中国版本图书馆 CIP 数据核字(2019)第 014158 号

闲尘醉月诗词集

XIAN CHEN ZUI YUE SHI CI JI

著　者：姜 凌		
责任编辑：王 庆	责任校对：傅泉泽	
封面设计：杭州众书文化	责任印制：曹　诤	

出版发行：光明日报出版社
地　　址：北京市西城区永安路 106 号，100050
电　　话：010-67078248（咨询），010-63131930（邮购）
传　　真：010-67078227，67078255
网　　址：http://book.gmw.cn
E - mail：wqer369@126.com
法律顾问：北京德恒律师事务所龚柳方律师

印　　刷：四川福润印务有限责任公司
装　　订：四川福润印务有限责任公司
本书如有破损、缺页、装订错误，请与本社联系调换，电话：010-67019571

开　本：170mm×240mm	印　张：14.5	
字　数：160 千字		
版　次：2019 年 1 月第 1 版		
印　次：2019 年 1 月第 1 次印刷		
书　号：ISBN 978-7-5194-4824-0		

定　价：39.80 元

序　言

准确地说，我是姜凌的忠实粉丝。他放在朋友圈的每一篇文章，我都会细细地拜读，慢慢地品味。可以说，他的诗词，是他生活的一部分，也是我生活的一部分了，我也在通过他的文章，来提升我的文学素养。

他不是专业文化人，也不是什么名人，与我一样，都是地道的一介平民。他学的是理工科，与文学瓜葛不大，且他的工作性质也与诗词无牵连。但事实上他却写了那么多诗词，我想这就是"爱好"这个动力使然吧。

我一生天性不足，悟性不够，国学基础也浅薄，所以不会写诗词。但我又特别爱好诗词，不论是古体诗词、现代自由诗，我都喜欢。闲暇时间，我就爱品读各类诗词，古人的、今人的，都不拘。自从读到姜凌的诗词后，更为喜欢，且全是全新的诗词。有时他忙，几日未写，我也就几天无法看到新的，心里倒急的，呵呵。

有人写诗词，或只局限于古诗；或只限于填词；或只写现代自由诗。而姜凌不同，他啥格式都写，古诗词也写，现代诗也写，就是填词，他也不拘于什么词牌，他总是多词牌练笔修心抒怀。这样好，他写的格式不"偏科"，看的人也不会"偏科"的，欣赏其多样性，大家学习的宽度更广。我想其他人也有同感吧。

不要论写诗词有很大难度的，就是欣赏诗词也是一件难事，要读懂诗词，尤其是古诗词，也很是需要国学基础的。但当今好多人，甚至一些小有名气的作者，写的东西过于深奥，还美其名曰"朦胧派"，那样读者寡，不利大众互动。而姜凌的诗词，并不深奥，只要有些国学基础的人，基本能看懂、能欣赏，这也是我喜欢他诗词的又一大原因吧。

他的古体诗词，很注重平仄格律的，你去推敲，他的每个字都符合平仄格律的，这点的确难。不像有些人写的诗词，看看是那么回事，但经不起推敲，尤其平仄格律。说白了，他们只能叫"爱好"，而姜凌的古诗词，真的叫"专业"。

他很注重用字的精妙，例如，《雪之芳》中的"别让红尘染素装"的"染"字，很生动，把景写成人性化，于是景就活了。例如，《乡愁》中"饮进虚空都作烟"的"饮"字，就这么一个字，画面感顿显。同时用"虚空"一词，给人无限的想象，显示出一种生活的豁达感与一种心态。同时他还惜字如金，每句诗词包容量都很大。例如，《春江》中的"春江碧水小桥西"，看似简单几个字，却把季节、河流、水色、地点、位置全部包括进去，简直就是一句诗词一幅画。这都体现出他的国学功底，每每读来，都会拍案叫绝。

他的诗词还有一种特点，就是取材多样性，有种拣到什么写什么，大到天空海洋、山川湖泊，小到一片落叶。从古写到今，从春写到冬。纯景的有之，纯情的有之，乡愁有之，梦想有之，活在当下的一种心态有之。

这次，听说他诗词稿要出版，真心祝贺与高兴。他请我写一篇《序言》，定是欣然接受。故聊以上简言以记之。

于帝

2018 年 5 月 26 日

CONTENTS

古词篇

古诗篇

现代诗篇

古词篇

踏莎行·浮生

醉了观花，
醒时折柳，
浮生最爱杯中酒。
莫须愁眼送冬归，
花开花落年年有。

空了云游，
闲时击缶，
此般恣意谁能够？
红尘但使赋诗娱，
管它天地人长久。

西江月·生活梦想

淡食布衣轩陋，
伴山伴水云游，
闲茶小酒四时悠，
更取清风盈袖。

昨日花红无问，
今朝叶落休留，
管啥春夏与冬秋，
我自逍遥曲缶。

卜算子·新年闲赋

落日晚霞无，
倦鸟揉风语，
暮宿枯枝数点星，
月夜寒光渡。

漫步散闲心，
不在闲情处，
隐在新年寂寞身，
空与闲人赋。

鹧鸪天·雪夜

水映风寒雪欲皑，
梅花影瘦冷辉裁。
谁家横管吹愁绪，
何处长歌落寂怀。
叹岁月，怨尘埃，
漫腔宿愿梦中埋。
春光若惜孤零客，
早卷冰宵捧日来。

醉花阴·春愁

月映玉兰凝霜露，
清影随风动。
燕子又归来，
剪雨撩烟，
轻语倾春浓。

栏栅倦倚寻幽梦，
愁绪谁人懂？
莫道不须眠，
闲度春风，
任把流光纵。

卜算子·浮生叹

前夜绽新芽，
昨日梅开俏，
落落殷红望雪来，
楚楚寒中笑。

花事有轮回，
不似人空去，
仄仄浮生梦未平，
酒解时光怒。

古
词
篇

忆秦娥·情人节

情人节，
春风烂漫心相悦。
心相悦，
玫瑰一捧，
笑容飞靥。

西窗同座红尘阅，
双飞缱绻如翩蝶。
如翩蝶，
花前月下，
此情无缺。

秋波媚·美丽女人

着绿钗红美中骚，
兼拥小蛮腰。
一身妩媚，
一身曼妙，
一出春宵。

风情纵是千千种，
更示韵儿摇。
世间有女，
世间有爱，
世满美娇。

安排令·思君

安排花落，
安排风落，
安排飞燕剪枝过。
安排不了，春事末。

思君花锁，
思君风锁，
思君泪珠一朵朵。
思君夜夜，人寂寞。

渔家傲·春光美

十里村山烟色渺，
千梨如雪堆枝妙。
碧草清溪亭外绕。
风雨小，
香寒深处惊林鸟。

怜取光阴无限好，
惜春莫待春空老。
笑语声声和春闹，
人醉了，
醉中花落知多少？

行香子·迎春花

风暖云长，
日转斜阳。
睹迎春，
暗起馨香。
垂金腰带，
羞展新妆。
占一方媚，
一方逸，
一方黄。

河清水漾，
娇俏模样。
仅婀姿，
堪驻观详。
宁离骚柳，
落寞桥旁。
待蜂来吻，
蝶来舞，
絮来扬。

塞鸿秋·忆汶川地震

山也醉水也醉地也醉，
摇一会晃一会推一会，
管甚么风一回雨一回雾一回。
瓦一堆石一堆砾一堆，
但见地震赛魔鬼，
不问人间有烟炊，
震得那路也毁桥也毁家也毁。

党有威政有威军有威，
兵作为警作为医作为，
急救援汶川危青川危北川危。
你不累我不累他不累，
食品药物帐蓬水，
爱心温暖时相陪，
幸的是老有慰少有慰病有慰。

古词篇

卜算子·时光

一剪月光盈，
一剪黄花瘦。
一剪西风一剪霜，
一剪秋香透。

一剪故乡愁，
一剪韶华漏。
一剪云烟一剪词，
一剪杯中酒。

画堂春·都道平常

梅花摇落俏飘香，
惺惺睡眼迷茫。
珠帘暗动雨窥窗？
夜送轻凉。
冷榻难圆春梦，
和风易困愁肠。
人生诸事细思量，
都道平常。

醉花阴·乡愁

云遣微凉新雨透，
秋蛐嘟嘟奏。
小院尽黄花，
欲坠还休，
相惜眉间皱。

西窗又倚垂枝柳，
笔落清词瘦。
夜黑更心烦，
阵阵乡愁，
权入杯中酒。

卜算子·生活

氤气笼清泉，
琼玉山河秀，
独自垂纶涧谷中，
静与时光旧。

一笠一蓑衣，
一臂粗麻袖。
不语轻划碧水间，
疑是仙人就！

古词篇

苏幕遮·乡思

彩虹飞，
孤雁渺，
云锁青山，
云锁青山坳。
不忍琼林归晚照，
独立斜阳，
看尽尘寰小。

楚天长，
归路杳，
半阕清词，
半阕清词稿。
莫叹人生悲喜事，
酒入情怀，
醉去呼天晓。

西江月·乡恋

欲问荷香花酒，
谁怜夜梦千愁？
一程风雨似深秋，
无奈恹恹承受。

寂寞无言思厚，
临窗空等人瘦。
万般乡恋意难休，
点点滴滴情扣。

浪淘沙·思念

瘦月洒清光，
风动新凉。
满庭花影上高墙，
倦倚轩窗空寂寂，
落蕊残香。

往事费思量，
断了愁肠。
危弦一曲两茫茫，
隔断音书人不寐，
任泪流淌。

采桑子·中秋

茫茫明月茫茫宙，
今又中秋，
今又中秋，
岁岁相思岁岁愁。

幽幽离恨幽幽酒，
一醉方休，
一醉方休，
万种悲欢尽入喉。

古
词
篇

蝶恋花·忆同学

莫道人生愁作赋，
回首来时，
最忆同学故。
日月匆匆何觅处，
望穿云水关山阻。

岁岁柳枝春又绿，
不见鸿书，
旧事无从续。
悠梦闲时听雨语，
断肠乱泪滴滴数。

鹧鸪天 · 论人生

莫叹人生各不同，
琴棋书画尽舒胸。
君惜桃李姿色艳，
吾醉兰幽素雅容。
茶两盏，
酒三盅，
倚窗独饮兑长空。
蹉跎岁月笑云散，
岂问东南西北风。

清平乐·忆余光中

余光袅袅，
谱尽乡愁调。
空落泪花湿卷稿，
勿叹时间晚早。

已酬一粒祈心，
封存梦里深深。
独立西天晓角，
静听乡愁回音。

浪淘沙·醉黄昏

细雨打窗棂，
柳韵临生。
柔姿袅袅影娉婷，
风皱水塘轻雾起，
曼妙多情。

水露许春凝，
美意徐增。
客闲挥墨醉黄昏，
且看且茗填小令，
浅和蛙声。

卜算子·旗袍秀

玉女手心巧，
针线彩霞妙。
天赐柔情旗袍艳，
羞涩春光俏。

云色逗蛮腰，
风锁倾城貌。
一袭娉婷国粹扬，
醉了酒十窖。

南乡子·怀念毛主席

展卷阅春秋，
历代王孙将相侯。
千古风骚一遍览，
回眸，
恰有主席肺腑留。

藐视亚非欧，
指点江山傲宇球。
功过争评沾满泪，
悠悠，
但喜思想耀九州。

减字木兰花·乡思

渔舟唱晚，
水送落花风不管。
笛短声悠，
五月红英多少愁。

门环轻转，
唯恐惊飞檐下燕，
漫倚窗前，
静夜乡思眠入难。

安排令·祝福

安排辞藻，
安排文藻，
安排祝福千言妙，
安排今日，
幸福到！

愿卿无恼，
愿卿常笑，
愿卿尽是吉星照。
愿卿岁岁，
心情好！

古词篇

鹧鸪天·景

煮雨浇茶待客香，
闲亭赋景韵中藏。
芙蓉带水羞娇露，
柳叶随风妩媚扬。
诗卷袖，曲沾裳。
轻描淡写画荷塘。
随心笔墨记情致，
忘却残壶空自凉。

浣溪纱·秋赋

何故霜寒寂寞秋？
西风冷落小银钩。
海棠摇曳未筹谋。

阅尽相思寻一物，
赊来美酒醉千愁。
断肠认取泪无由。

古 词 篇

卜算子·醉人生

文采著风流，
瀚墨描心境。
却把红尘一笔勾，
世事随风浸！

烦恼远三生，
寂寞横笛哂，
醉酒高台雨洗愁，
悲喜由天定。

一剪梅·秋怀

何必秋怀用酒浇，
江上舟梢，
湖野垂鳌，
愁情定有雨淋消。
风亦飘飘，
雁亦潇潇。

独梦天涯跶暮朝，
醉卧云巅，
笑看烟飘，
管它甚么乱人嘲。
任我逍遥，
莫理喧嚣。

古词篇

采桑子·人生闲论

蹉跎半世功名忿，

醉也伶仃，

醒也伶仃，

衣上尘痕鬓上星。

安生莫论孤鸿命，

爱也飘零，

恨也飘零，

谁解轻狂谁解情？

长相思·桂花

瓣瓣黄，
瓣瓣芳，
风夜婀娜逗月光，
客闲愁满霜。

秋正凉，
思断肠，
却恨情丝不够长，
折桂入梦香。

古词篇

35

江城子·秋之孤

菊香惊醒小轩姑，
草枯枯，
水沽沽，
霜冷荒芜，
雁叫半山庐。
想必野枫知道早，
阡陌上，
染红娱。

夜凉寂寞觅眠鸪，
戏游鱼，
看闲书，
云淡风轻，
影瘦更人孤。
不尽浓情何处吐？
明月起，
酒呼呼。

采桑子·山盟海誓

山盟海誓同携老，
直到天荒，
直到地荒，
相映心心共月光。

情深若是长长物，
何必金镶？
何必银镶？
比翼连枝爱自量。

古词篇

蝶恋花·秋叶

细雨微寒秋叶坠，
风舞飘零，
犹洒悲情泪。
入去尘埃无所谓，
但求离落人来慰。

踽踽独行心欲碎，
云散烟绕，
谁解其中味。
音貌始终填梦寐，
相逢托寄一江水。

卜算子·红尘叹

一樯远千山，
众鸟随云影，
踏遍天涯已半生，
醉却何时醒？
风落忘闲愁，
雨注添酩酊，
几度浮沉几度空，
总把红尘冷。

卜算子·秋怒

秋驻小轩窗，
凉意频频扰。
孤影闲灯夜正阑，
谁与柔情抱？
檐外雨声停，
湿却庭前草。
寻遍银钩不见君，
怒向浮云恼。

卜算子·菊花

霜冻百花零，
露冷伊人醒，
摇曳西风笑然开，
独有菊花影。
但求自芳菲，
不与春相争，
只请妖娆阵阵香，
醉去一秋景。

古词篇

卜算子 · 咏晚荷

薄雾逗云烟，
细雨空蒙叙。
淡淡清流淡淡波，
静静由它去。
秋色染风流，
秋景惊诗语，
虽缺蜻蜓立晚荷，
不漏天成句。

相见欢·乡愁

北风骚惹斜阳，
懒洋洋，
万里高空闲挂淡云长。
远陌处，
烟岚缈，
画沧桑，
无限乡愁铺垫短山岗。

点绛唇·又见梅开

又见梅开，
冬来可慰伤愁处。
琼枝玉树，
晶透寒烟露，
簌簌飞花，
俏扮风飘絮。
情深诉，
凝眸回顾，
冷雪融成雨。

十六字令·外两首

（一）叹七夕

情，
天上人间泪共倾。
相思在，
肠断几回萦。

（二）叹牛郎织女

宵，
织女牛郎几度邀。
鸳鸯梦，
还赖鹊搭桥。

十六字令·琴与棋

琴

琴,
错落高低绕指吟。
声声诉,
喜怒寄弦音。

棋

棋,
万里江山方寸迷。
心机设,
千骑指间移。

十六字令·秋

秋，
云淡天高绿柳愁。
湖波起，
默默数风流。

十六字令·春图

春，
绿翠红娇载岁芬。
风云暖，
燕雀戏晨昏。

十六字令·鹰

鹰，
羽翼丰时胆气升。
凌云志，
奋翅驾长风。

江南好·春来到

春来到，
柳岸绘烟波。
燕掠平湖堪似画，
莺啼亭榭妙如歌，
羞女更婀娜。

捣练子·红尘

风瑟瑟，雪霏霏，
老树枯枝落叶归。
数遍红尘多少事，
尽成谈笑斥风吹。

捣练子·美人

单凤眼，卧蚕眉，
玉面飞霞雪里梅。
嘻笑一撇柔日月，
浅颜春意问谁归？

捣练子·初春美

梨抹雪，杏描红。
漠漠田园暖暖风。
飞燕乍裁春事早，
却将新绿点匆匆。

捣练子·春来早

新绿砌，淡红堆，
柳挽轻风倚岸吹。
燕雀乱枝凭晓问，
几时春意早来归。

捣练子 · 感冒有感

头重重，脚轻轻，
涕泪涟涟乱脑真。
诗赋莫含酸痛句，
免得乡念笔尖逢。

捣练子 · 乡恋

风冷冷，日苍苍，
望尽天涯欲断肠。
乡恋不知何处去？
夜来时，酒自平伤。

忆王孙·人生

落花流水夜微凉，
酒煮温情暖旧茫。
醉去人生喜与悲，
莫思量，
日月萋萋鬓上霜。

忆江南·冬

寒风起，
苍色渲天地。
醉入山茫寻美意，
俏听枯草逗鹰疾，
谁把故人提？

天净沙·小寨之美

廊桥小寨人家，
路弯溪净流花，
柳绿樱红晚霞，
景观如画，
似饮芳酒清嘉。

（小寨，西安的一个地方）

天净沙·梦想生活

闲塘野树荒崖，
云轻虹丽渔家，
雀跃柔风浓夏。
品茶麻话，
一钩垂尽霏霞。

踏莎行·永康塘里

几缕苍烟，
千年落照，
一壶茶雨无云扰。
旧宅古巷随天然，
听风观月相依老。

书雅墨香，
吟诗弹调，
匠工篦艺雕年少。
争修得孙谱遗则，
情盈塘里如君笑。

（塘里，浙江永康市一个村）

闲尘醉月诗词集

古诗篇

月 半

骚人醉酒未知羞，
处处笙歌唱不休。
都爱月圆诗句美，
谁怜它日影如钩。

乐享岁月

岁月无声怎挽留，
春冬交替莫烦忧。
闲来研墨有诗醉，
不愧此生寿一兜。

雪

连天野莽际无边，
冽冽寒风舞境迁。
自古抒怀赊月色，
焉知飞雪赛婵娟。

生活韵味

一壶饮尽千秋事，
半世读完万卷书。
醉去风云山水外，
诗词墨韵野中庐。

醉 雪

雪花飞舞秀娇容，
韵衬山川雅意浓。
凡客不知一色妙，
文人墨醉画其中。

春自嘲

山色雾蒙雨润芳，
新枝却短春意长。
功名皆是浮云月，
醉卧琴棋书画香。

雪之芳

雪色无暇淡淡苍，
娇容一瞬压群芳。
嫣红姹紫勿相扰，
别让浮尘染素妆。

雪　赋

暮色山川飒飒寒，
雪飞掩日乱枝残。
垂烟出处闲亨酒，
醉等春来赏花栅。

生活情调

风奏千江水做弦，
鳞波应曲荡船眠。
松高云淡梅香厚，
酒醉拾闲唱晚烟。

咏　梅

怒雪焉能傲骨欺，
寒风未可惨心身。
无瑕众里争妍美，
但放清香报早春。

乡　愁

寒风又乱雪无数，
更有枯枝摇日暮。
醉卧残阳梦不入，
乡愁浸墨燃诗炉。

岁月赋

轻匀砚墨赋春秋，
落笔舒怀顿自愁。
不识江山真景色，
风华羞对岁月稠。

古诗篇

醉　景

花香野谷深，
涧水洗轻尘。
风弄箫声起，
轻舟醉客吟。

笑对红尘

书香漱春诗，
墨雅染秋词。
笑对红尘老，
凭添几寸痴。

秋欲近

水清秋欲近，
长天月一轮。
疏苇落倩影，
相伴两殷殷。

修　心

书斋墨香渺，
气定且挥毫。
修身莫需禅，
心静自然高。

雪　韵

闲庭雪韵深，
不染世间尘。
未识春颜色，
已成万古吟。

家　乡

家乡久不及，
岁岁月华催。
欲识堂前燕，
诗词倚梦追。

轻功名

逆风顶雨行，
苦旅度人生。
富贵皆尘土，
功名与我轻。

藕

菡萏随风漾，
红花溢满香。
莲心虽苦涩，
根却藕丝长。

春之影

寒枝欲绽新芽近，
待放花蕾谢雪勤。
艳饰亭轩羞旧柳，
临风曼舞春光影。

生活意境

竹韵草庐映碧洼，
鸡鸣犬吠逗芳华。
闲酌盏酒诗词乐，
饮尽桑麻赋尽霞。

初春情

枯枝颔首探轩窗，
欲问香闺借粉妆。
艳引春风轻潜入，
漫携日月话衷肠。

生活瞬感

景色寻常一见知，
闲来留影偶择时。
风流不过云中燕，
气韵才为日暮诗。

中年绮梦

青春慵懒又中年，
犹把诗心效古贤。
幸有轻风邀明月，
高山流水醉云烟。

生活随想

命运随风莫付天，
痴心一片向坤乾。
真情只要修途在，
无悔白头与少年。

友 情

为有良朋且赋诗，
敲词炼句寄情谊。
人生不过春秋事，
恰守初心韵顿熙。

猫

前贤何故少生肖，
不记功臣劳苦高。
属相芸芸皆有位，
猫咪独自啸清宵。

冬 雪

乌云蔽日雪惊冬，
廖落山川万树琼。
惹怒寒风一阵吼，
吹得野莽剩诗丛。

看淡人生

漫看人生漫叹途，
酸甜几尽岁荣枯。
古今多少浮华事，
不抵花前酒一壶。

乡　愁

鬓发如霜纹若弦，
乡愁游子满腹铅。
当倾俗世一杯酒，
饮尽虚空都作烟。

同学情聚

同学共饮一杯酒，
年少情怀万斗喉。
鬓角已白人已老，
初心不变韶华酬。

生　活

沽酒一杯饮世空，
万般思念醉无同。
莫言虚幻寻常事，
但教韶华与梦容。

咏　春

且看江南风暖时，
青山欲翠柳成诗。
谁携春意飞入画，
一梦花香一梦痴。

新年夜

若剪初春一段香，
韶华新旧两芬芳。
诗情岁月酒一盏，
只待君来共品偿。

春之美

细雨敲窗起落停，
春风送晓绿裁成。
谁家画粉才撒落，
缀满青枝惹路人。

羞 莲

羞莲一绽媚无同，
芳惹清心恋宇穹。
叩问馨香何处觅？
田田绿叶笑南风。

醉 春

东风唤雨入清诗，
欲写芳菲说霸词。
燕剪绿波晕日月，
轻舟载酒醉春痴。

人生不惑

不惑有余虚度年，
缘由懈怠效高贤。
悔心惆怅以无表，
都付手中酒与烟。

中秋望月

圆月悬空照尽秋，
星光水漾泛清柔。
四方宾客一方聚，
酒醉亲情酒去愁。

江南春早

又是青青柳色新，
莺歌燕舞翠茵茵。
春风乱奏雨词曲，
淋湿彩蝶花自吟。

一种生活

青犊茅舍半方田，
耕暮犁晨沐晚烟。
不向垄间求富贵，
涩文残墨记丰年。

油菜花

油菜花芳溢袖香，
和风曳舞兑春光。
身屈田野君休笑，
誓为山河织锦装。

秋雨淋愁

夜色雨淋风自凉，
花残叶落尽菊香。
水波不问天气冷，
漾却客愁碎时光。

念　冬

姹紫春来却厌春，
轩前独倚忆梅芬。
任由蝶彩渲红绿，
我自禅茶莫问津。

舟山朱家尖

日丽风轻云自幽，
无端水浪滚闲愁。
游人不识海之量，
度已胸怀笑扁舟。

（舟山朱家尖，浙江一个海边景点）

初 春

日暖寻芳步步娇，
李桃窃喜柳夭夭。
风笛闲奏南归燕，
水映春青小蛮腰。

夜半听海

举目遥观月半斜，
夜风不晓入谁家。
揽衣漫向沙滩坐，
浪涌声声似煮茶。

初春之景

寒风尽处绽春光，
翠色烟波染碧塘。
新柳不识花意美，
任由飞絮乱画廊。

冬 荷

独向池塘泥下埋，
寒冬苦守蕴期待。
为酬南风三生约，
只等君来我盛开。

元宵节

东风拂面不寒身，
喜是元宵赏月轮。
摇曳灯花春照暖，
诗情自有醉酒人。

春　早

江南桃李两三枝，
霜雪梅兰尚有时。
早立溪头风送暖，
花开必是报君知。

夏夜闲乐

江水鳞鳞柳叶欣，
夜色阑珊风亦轻。
月瘦有情君少意，
偷闲避世享禅音。

韶　华

韶华但去诗情郁，
往事由来酒味殊。
功利皆为凡世苦，
笙歌落尽烟一缕。

春来一字诗

一山一水一阳光，
一草一花一野芳。
一酒一茶一笔墨，
一人醉卧一华章。

邀月醉书

烟雨红尘茶几壶，
勿言老去少年无。
人间自有闲散客，
邀月撩风醉卷书。

踏　春

陶醉春光何所求，
近郊踏遍远郊游。
桃花朵朵不须折，
细柳满堤诚挽留。

葵花籽

别人怕热我朝阳，
一点痴心蕴万香。
待到秋风萧瑟起，
颗颗饱满撒芬芳。

杜鹃花

人言杨柳最知春，
不语杜鹃酝酿深。
待到山川皆染绿，
雅姿尽把众花擒。

心有菩提

静立轩前万念空，
群山隐约雾云中。
阴晴于我了无意，
心有菩提自在翁。

夕 阳

夕阳风景任风流，
燕雀不知几春秋？
慢酒窗前待月起，
闲来笔墨写乡愁。

春雨美

细雨霏霏云也蒙，
香溪淼淼燕声声。
兰舟一橹千山远，
划破桃红满水春。

春 江

春江碧水小桥西，
花满千山柳色奇。
更有乡亲酒自醉，
闲邀过客论琴棋。

游百杖潭

匆匆飞瀑入杖潭，
万物催新花自漫。
燕雀声声啼不住，
游人踏醉水云间。

（百杖潭，浙江磐安县一个景区）

春 雨

春雨敲窗未见休，
朦胧美景扰人瘦。
不知何处可闲醉，
去饮相思删尽愁。

春色美

桃花朵朵向天妖，
嫩柳垂枝逗水摇。
都说一年春景美，
风成琴瑟雨成箫。

书法情怀

一笔一纸一书斋，
一印一桌一砚台。
一袖风清一盏酒，
一人墨洒一情怀。

水暖春阳

桃红李白花无数，
水暖春阳君莫赋。
年去年来年又复，
芳华落尽怕虚娱。

春　美

斜风细雨戏群芳，
姹紫嫣红敛一窗。
陌上清诗寻燕影，
横舟折柳钓春江。

春　闲

垂钓江天百里云，
扁舟一叶荡春容。
悠然自在闲情客，
酒醉生诗歌大同。

华溪江

闲赏华溪两岸秋，
诗心不老童真留。
人生纵有千般苦，
亦酒亦茶福自酬。

春美兮

春正来兮春美兮，
风撩烟柳雾湖堤。
百花次第竞相艳，
多少色香谢曲词。

菊　望

不负西风去年邀，
共分秋色与芭蕉。
但闲几点海棠雨，
我便花开自妖娆。

真　情

真情不惧天涯远，
一诺风轻云彩边。
且把清心常问月，
何时照我乡愁愿。

秋宵长

暗香疏影月盈怀，
云逸风潇漫夜徘。
若是秋宵长伴我，
何须思念惹心哀。

世事人生

世事喧嚣岁月酬，
人生能度几春秋。
莫言当下俗尘醉，
就怕老来空白头。

问青春

闲言且问少年郎，
何故青春染雪霜。
耳畔常鸣风雨曲，
声声日月是作坊。

笑春风

都笑春风不识字，
桃红柳绿又谁诗？
纵然风景美如画，
客不醉情妄质疑。

夜 雨

急风骤雨虐秋夜，
愁客窗前乱玉弦。
若问由何妙曲散？
相思无月躁心田。

春 吟

平生未作爱花人，
只是东风赏个春。
万点芳菲终会老，
新词何必葬花吟。

七 夕

明月有心不用猜，
纱窗鹊影共徘徊。
问风何事拂衣角？
怜我七夕湿泪腮。

因果善兮

享受人生勿较真，
幸福必然度梵音。
莫言禄寿喜财事，
缘定善兮乐果因。

红梅赞

红梅初绽世无同，
朵朵清心傲雪中。
若问馨香香几许？
凌风一笑叩寒冬。

牡丹叹

为助春华吐艳香，
无常风雨那堪伤。
花开富贵惜人醉，
谁悯它时凄影凉。

夜　雨

风狂雨骤滚雷急，
花落柳残两相泣。
春暮虽逢蓬夜冷，
恰赢香韵向诗袭。

缘何梦短

醒时明月映窗台，
轩外黄花寂夜开。
道是云闲风也静，
缘何梦短念成灾？

雄　鹰

浮云沧海意，
鹰傲恨天低。
揶欲乘风去，
凌空与月齐。

远　客

云天雁正回，
霜浓叶成堆。
远客孤独坐，
幸有月光陪。

酒醉轻舟

金风碧水晚霞柔，
叶落成诗舞冷秋。
雁雀声声君不问，
一壶老酒醉轻舟。

游永康大陈村

远山近水宠花开，
老树旧宅相映排。
古韵今风浴晚雨，
醉眠墨客尽诗怀。

（大陈村，浙江永康市一个村）

梦 愁

冷露惊开寒月眸，
秋风闲唱入窗口。
凋花效仿蝶飞去，
残落余香惹梦愁。

夜 眠

夕韵长消水露寒，
雏菊摇曳幽香散。
夜风云雨随它去，
无月扰窗眠更酣。

邀秋风

碧波漫涌漱清流，
夜韵依依景色幽。
秋月不知花已落，
邀风撩客荡心舟。

春去也

一帘风雨夜来狂，
凋尽篱边四月芳。
过眼浮华锁一梦，
春光渐远亦无伤。

期 盼

杨花飞处尽诗词，
远望孤帆载念思。
莫问韶华春景美，
只期尺素燕回时。

闲 情

自把诗书弃野茫，
闲听林鸟戏春光。
悠然一梦谁惊醒，
但见东风读乱章。

游洪泽湖（一）

一芦一鹤一清涟，
一野秋风一景阡。
一盏酒香一栅月，
一人独享一清闲。

游洪泽湖（二）

一湖一景一秋霜，
一野芦花一野茫。
一鹤一云一水漾，
一舟一客一诗狂。

秋景赋

舟楫闲横水末央，
渔歌唱晚沐秋凉。
斜风细雨酬天色，
雁雀声声呼海棠。

自　醉

一人沽酒一人醉，
甭管春花与夏雷。
天子呼来君莫应，
任由香墨戏眠眉。

听雨有感

昨日枝头别样光，
今夕零落雨敲窗。
人生一瞬荣枯尽，
何必叹息说绿黄。

5 月 20 日

欲借相思染赤豆，
柔情无限向谁愁。
传奇千古诗词句，
不抵花前一盏酒。

垄野秋

垄野青青一夜黄，
西风邀月扰菊香。
天工无事秋色染，
韵引闲人写华章。

生活杂想

已逝芳华黯黯愁，
红颜染尽几春秋。
浮生逐梦深情苦，
五味杂陈待笔收。

夜秋凉

夜深倍感入秋凉，
冷月清辉落满塘。
碎影摇窗残墨尽，
诗愁醉客念故乡。

送有志向的远方客

天色朦朦雨欲浓，
归途远客步匆匆。
山川美景不须看，
逐梦放怀绽宇穹。

西风怨

廿载浮生伴永康，
酸甜苦辣乱愁肠。
乡思远托南归雁，
一曲西风怨夜长。

思远方

酒醉不知风雨狂，
怒菊零落乱轩窗。
楼台怅望南归雁，
声唳客愁思远方。

心　境

静静石溪樵唱晚，
幽幽空谷倦鸟鸣，
此时不晓身为客，
融入自然风挽行。

过　客

野外枯枝坠叶惊，
落花飞去雨歇晴。
浮生莫叹又春远，
你我皆为过客行。

中　秋

金风玉露沐枝芳，
几缕幽思饰梦妆。
蟾影无须空扰我，
一轮圆月寄情长。

把酒临风

把酒临风醉月光，
任凭闲水泛舟忙。
夜莺不倦竹梢影，
逗客开心唱野茫。

寄语高考学子

为成凤矣为成龙，
晨暮苦读春复冬。
磨砺十年今试剑，
象牙塔上舞秋风。

重庆夜赞

流光溢彩泻双江，
五色缤纷绽宇芳。
夜赞巴渝岂用酒，
火锅诱客话麻烫。

（双江，指嘉陵江与长江。巴渝，重庆别名。）

看淡人生

一片诗心慰已怀，
人生得意又何哉。
三皇五帝今安在？
沧浪依然滚滚来。

箫　声

一箫吹断半江流，
阵阵雁鸣悲锁楼。
风卷惨云滚滚怨，
声含秋雨滴滴愁。

煮酒吟

举目沧桑野陇边，
流烟尽锁冷窗帘。
霞残日落余辉近，
煮酒轻吟今古贤。

乡　念

风来松竹乱琴声，
燕倦霞云逐月明。
远客一杯肠断酒，
醉酬乡念醉了情。

清　荷

清荷啜夏向天娇，
田叶翩翩舞绿娆。
最喜南风多更事，
闲摇莲杆即成箫。

广州塔

你说风骚不风骚，
天生就是小蛮腰；
夜阑皓月君越艳，
誓与嫦娥比妖娆。

（广州塔，俗称小蛮腰。）

荷 花

荷花朵朵艳成痴，
香色染空醉小诗。
美景从来留不住，
残红泣尽向秋池。

藤野先生

藤野先生本浅名，
缘由一出忆师文。
仙台从此不甘寞，
呐喊声声鲁迅情。

（写于日本仙台。当地民众说鲁迅因藤野先生而使仙台举世闻名。）

日本路途景

青山绿水氤氲绕，
雨乱残花啜野郊。
怨叹游车驰景快，
村烟可遇未及瞧。

富士山

富士芳容云雾藏，
颜值几许任君想，
雨花何必欺人醉，
淋湿多情客肚肠。

（富士山，日本著名景区）

生活玩味

寒袖孑身倚月台，
清愁残梦任风裁。
人生无愧匆匆客，
管甚春来春不来。

冬至感悟

日晷无形月正光，
慌慌又是一年荒。
酒香不识人心暖，
但恐乡思比夜长。

大阪·地震

纸笔拈来寄念思，
短言大阪泪堪诗。
灯红酒绿虽尤在，
唱曲哀多恨调嘶。

几时归

忍看弃枝红叶飞，
瑟瑟风寒迟暮悲。
沽酒愁肠暖日夜，
天涯游子几时归？

日本记忆

东京不是久留地，
大阪也非令客痴。
富士山根雪影醉，
慢由日月晒成诗。

闲觅清幽

闲觅清幽浴自然，
静闻鸟语叹花残。
温壶老酒邀明月，
谈笑星光风夜寒。

梅之赞

一树冬来一树梅，
凌寒绽放更妩媚。
心缘几瓣悄成被，
一梦香甜一梦飞。

福州叹

闲逛榕城夜正茫，
三坊只可读西厢。
一衣带水思两岸，
愁惹泪花涌闽江。

（三坊，即三坊七巷，是福州文化底蕴深厚的一条老街）

高铁上有感

迅逸时光高铁快，
山川风雨两边排。
寒冬除却烦忧尽，
笑等梅花报春来。

岁月闲言

清平岁月几相酬？
酒醉迷花春复秋。
幸有诗词萦健体，
人生才有乐中悠。

赏 莲

满城丝雨一湖烟，
谢罢桃花又赏莲。
莫道游人无所事，
写诗恰为挽流年。

莲

点点滴滴水含烟，
涟漪深处叹摇莲。
本为菩萨座中客，
枉被红尘误万年。

（莲花在佛教中是圣洁之物也）

晚　霞

一抹红霞云染天，
无心落日向愁眠。
余晖戏弄粼波皱，
诱月出闺钓夜闲。

竹

虚怀若谷气节凌，
性韧身纤傲骨英。
常与松梅诗论友。
闲吟雅韵世间呈。

看晨景

晴空隐约风晨旖，
旭日初升云涌奇。
君取东白妆锦绣，
我观山水两相宜。

初　夏

羞羞菡萏点池塘，
翠柳依依拂暗香。
月下琴台风弄曲，
搂书醉枕梦幽长。

赏月光

独倚窗前赏月光，

纤云弄巧舞霓裳。

轻风寄我相思忆，

一梦香甜一梦长。

晚　凉

孤枕何来一梦香，

无非秋雨落海棠。

轩窗尽处闲街静，

路远山高对晚凉。

秋 雨

雨打芭蕉滴夜凉，
西风漫卷桂花香。
举杯邀客且亭聚，
酒入闲肠吐醉章。

离 愁

怎奈飞花逐风流，
一江秋水泛离愁。
痴情自是河边柳，
钓取月光载远舟。

127

舞秋风

且看星空且看云，
斜阳弄影舞秋风，
醉来颠倒尘间事，
尽在等闲一笑中。

登　山

拾取台痕步步轻，
秋风习习戏虫鸣。
游人自醉云山外，
不屑闲情煮酒酊。

赋 秋

月色朦胧水影摇，
莲花渐瘦菊花闹。
轩前落笔景来收，
文自风流曲自高。

蝙蝠岭游记

古道弯弯险且长，
恰如绸带系山岗。
千年历史千石忆，
步步为诗步步章。

秋　念

陌上寒烟茫野秋，
残阳雁过影携愁。
水冷不待流光去，
远客临风念字收。

醉红尘

客醉红尘漫漫中，
繁华掠影步匆匆。
哀愁喜怒缘天定，
莫向金樽问始终。

水映乡愁

月色添霜迎雁来，
秋君几度请菊开。
枫笺寄讯白云至，
水映乡愁曲指猜。

秋叶赋

秋深叶落莫相惜，
谢去芳华志未移。
舞罢风尘濯涧水，
流年度尽作春泥。

办公室自嘲

风雨尽催年月老，
逍遥远客少人晓。
方隅斗室乾坤醉，
千怒万愁一笑抛。

秋之韵

秋光潋滟透长空，
满目缤纷色不同。
阅尽人间浮沉意，
流云过处韵无穷。

秋之叹

满目苍茫叹水凉，
秋光瑟瑟画成殇。
何时陌上可春风，
喜把枯黄换艳妆。

红　豆

红豆颗颗数未清，
枯黄落叶又敲棂。
奈何念许情怀远，
怆涕秋风泪满襟。

秋风瑟瑟

秋风瑟瑟雨幽幽，
冷落成尘又惹愁。
莫是人间谴倦客，
无心叹去相思稠。

秋愁秋怂

秋寒夜冷西风紧，
叶落声急摄瑟魂。
寂寞长街呼客慢，
一杯浊酒醉愁怂。

风雨末秋

雨横风急几末秋，
残红败叶相望愁。
枯枝旧树叹生尽，
恰有新芽待春筹。

祈福人生

闲来莫问闲间事，
淡墨常留日月风。
若谷虚怀尘世立，
祈福梦醉人生真。

问秋伤

冷月邀寒浓染霜，
千花枯败野焉黄。
别枝落叶空自叹，
怒曳秋风问尽伤。

生活真谛

书画琴棋诗酒花，
青春烂漫染风华。
人生梦醒诸空事，
柴米油盐酱醋茶。

醉上云宵

且把忧思付晚凉，
佳人不见更情伤。
若能借酒消愁事，
醉上云霄入梦乡。

乡愁满怀

小舍轩窗半掩遮，
梅花依旧卷雪开。
难知过往千重事，
唯有乡愁占满怀。

古诗篇

137

乡思债

离家屈指三十载，
似水年华伴云徊。
饮尽它方酒万坛，
不能醉去乡思债。

雪夜思

雪冷乾坤雾冷怀，
孤鸿静寂共风哀。
谁陪月夜一盅酒，
暖透红尘入梦来。

梅

小院清新沁满芳，
红梅点点映轩窗。
寒风怎解心中意，
且把相思托花香。

看淡人生

似水年华一瞬休，
如歌岁月风拂柳。
今宵且醉诗中句，
哪管红尘喜与愁。

半生论

江山指点少年逍，
事业年华而立酬。
苦辣酸甜不惑品，
琴棋墨伴天命酒。

尘　旅

总忆人生旧事殇，
相陪不解相离肠。
秋风莫羡春光美，
谁能尘旅错夕阳。

悠闲生活

夕阳霞暖度时光，
墨韵悠闲更野芳。
一友一朋一酒醉，
诗词歌赋润枯肠。

赋曲乡愁

最是南方诅恨天，
无由寂寞酒相煎。
谁能揽月倾城顾？
照我乡愁赋曲弦。

生活感言

风之渺渺水无形，
万变情怀捻梦灵。
怎奈红尘迷乱眼，
何时可悟醉天明。

冬　阳

西窗小憩日初长，
寄倚寒风觅雪芳。
不必折梅来煮酒，
冬阳自暖梦中香。

寄言钣金与制作杂志

钣金傲世行，杂志显其真。

料裁技文傍，折弯论坛神，

成形专家议，翻边讲座频。

篇篇举目望，制造展智能。

（受北京钣金与制作杂志社邀约，为其杂志写一诗作寄首语。

备注：这是加工技术专业性诗。其中料裁、折弯、成形、翻边等都是钣金技术中的专业术语，技文、论坛、专家、讲座、制造又是杂志上的分段内容。）

古诗篇

143

水 仙

幽香暗入房，
素貌驻清霜。
淡淡君子意，
婷婷少女妆。
心如梅雪色，
却裹夏莲裳。
一任群芳妒，
案头独自藏。

初春赞

昨夜含苞待，
今朝放荡开。
春风初给力，
美色已盈怀。
松叶经年落，
竹芽破土来。
些些妖艳意，
占尽百花台。

风雨初春

轻风浸绿日添长，
细雨携红染故乡。
柳叶如今飘管律，
梅花早已谢文章。
庭前燕雀丝丝语，
户外桃梨淡淡妆。
风景因人多变幻，
笑容偏爱少年郎。

夜游重庆

夜渝景幽吐暗香，
妆成别样怎收藏。
洪崖悬壁镶玛瑙，
绿水泛舟涌珐琅。
远堑起伏似玉带，
近桥环曲恰虹缰。
山城无意迷君眼，
留去人心客自芳。

岁月叹

渐去青春白发长，
堪嗟逝水怨流光。
匆匆过客成寥落，
碌碌行年记感伤。
倦累此身容见老，
喜悲世事总无常。
平心应对风和雨，
且把高情赋雅章。

端午感怀

中夏循江酬古节，
雄黄角粽自民厨。
感怀良俗未尝断，
死义忠魂应不孤。
艾叶飘香非独楚，
龙舟竞渡过三吴。
先秦两汉春秋事，
寄与屈原酒一壶。

试问时光

竹马春风还记否，
当年羞涩是青梅。
芳华容易催人老，
霜雪无端染鬓灰。
往事能将诗酿酒，
离歌只共月倾杯。
东流万里长江水，
试问时光回不回？

天目湖游记

绿肥红瘦眼中迁，

烈日炎炎似火烟。

天目湖边消暑坐，

南山竹下纳凉闲。

山高云淡欺风雨，

渍汗津盐染笑颜。

始见长宵堪入梦，

惊动星月记游言。

人生太匆匆

人生总是太匆匆，
世事沧桑万变中。
谢落伤心怜几许，
繁华过眼尽成空。
暮朝冷暖何偿定，
离合悲欢一样同。
超脱情怀禅意往，
来来去去自如风。

现代诗篇

漂　泊

好想撒一张网

把江水瑟瑟

打捞出来

和着晚霞

研磨着漂泊

于是乡愁成诗

便有了笔墨

闻　春

定是诗的味道
刻意去撩拨
此时的心情
否则
轻闻一下春
无法拥有
随风而来的香气

现代诗篇

油菜花

油菜花
或许是那些黄雀儿
遗落的根根雁翎
铺满大地
金黄金黄

我撷一片油菜花
研起笔墨
我的诗歌
于是沙哑

人生慢叹

凭野空看

万木残

不见垂枝钓春还

雾隐寒山

烟事散

千重愁怒向云端

人生漫叹

如浊水浅滩

每有雨

点点乱

送　友

你离去的身影
如冽冽寒风
刺破
我深情的眸

不惊
不扰
漫看你影子拉长
把我的孤独
甩在身后
朦胧着
我一怀思念
哽咽在喉

远　方

什么是远方
有人说来一次说走就走的旅行叫远方
有人说美美地享受一下春花夏雨秋风冬雪的美景叫远方
有人说关闭通讯陪同家人尽情沐浴在大自然的怀抱中叫远方
有人说约几个好友品茗酌酒聊天写诗的快乐叫远方

也有人说
对父母，孩子之外的地方叫远方
对孩子，校园之外的地方叫远方
对爱人，未聚在一起的地方叫远方
对人生，健康平安幸福叫远方

更有人说
手触摸不到的地方叫远方
跨不过坎的地方叫远方
心达不到的地方叫远方
思念的地方叫远方

也有人问我
何为远方
我不假思索地说
漂泊者
故乡就是远方
因为
它是乡愁和灵魂存放的地方

七月的香艳

七月，本来就是一场香艳
如钻
闪亮的早已不是浮华
而是白首的誓言

七月，本来就是一场香艳
如人间
惯看的早已不是过客
而是心中的思念

七月，也许只能是一场香艳
不然
我凭何
记住了花开
记住了月影
亦记住了你微笑的容颜

狗尾巴草

都啥时节了
竟然穿上一身皮草
还禁不住风儿的吹捧
像狗尾巴一样
晃晃飘飘
自我曼妙
自我风骚
好是风流

风流的
让那些花花草草
嫉妒
嫉妒成美景
一道把春天
招摇

送　别

握别你的手

留念

顿泪化成秋

你离去的背后

只剩我一汪眼眸

凡事

都有开头

凡事

时光不会倒流

如果一定要守候

祝福

是我最后的温柔

西湖说水

西湖边
大家瞎想
假如西湖水抽干
会有什么
有人说鱼虾满仓
有人说淤满宝藏
有人说冤魂多多
有人说诗词满塘
有人说风流淘尽
有人说积录史殇
有人说
你呢
我也瞎讲
再抽干也会有一汪
印证我的形象

父 爱

年少时待在父母身边
父亲的印象非打即骂
吃饭说话学习都会提心吊胆
没有爱只有怕
好恨爸爸好恨那个家

长大后离开父母去了远方
父亲的印象就是唠里唠叨
信件电话全是安全健康的话
全是没话的话
全是父亲的瞎担心和怕

等我为父后
我也时常对儿子打打骂骂
怕他安全怕他学习怕他走歪
儿子也会恨他爸爸恨这个家

现在我的儿子也工作去远方了
我也牵挂担心和怕
每次通话我不想说啥
满脑子只有安全健康与快乐
觉得其他的都是多余的话

现在父亲老了
很难交流了

每次见面
他总是叉着我的手不放
盯着我人看不停
抑或仰望星空
抑或俯视大地
为啥
我不全懂
或许等我老了时
才能体会到吧

现在我时常
回味父爱与父爱的厚重
也在担心对他的怕

（父亲节，写一首诗，献给老父亲，也送给今天过节的我，也

送给儿子。）

美丽的盱眙我的家

美丽的盱眙我的家
你看那山
还有我攀爬的石痕
你看那水
还有我淘气的倒影
你看那路
还有我上学的脚印

美丽的盱眙我的家
你看那屋
还有我学习的书本
你看那园
还有我解饥的萝卜缨
你看那灶台
还有妈妈留下的围裙

美丽的盱眙我的家
你看那兄
还有帮我打猪草的表情
你看那姐
还有小时背我累喘的声音
你看那友
还有共同嬉戏的天真

美丽的盱眙我的家

你看那老父亲

坐在冬阳下

坐在垂烟下

坐在墙根下

远望的眼神

美丽的盱眙我的家

（注：盱眙是江苏一个县，是我的家乡）

现代诗篇

别样芳华

如瀑的长发
掩不住你笑靥如花
让这个风柔的季节
别样芳华
最是深情
最是牵挂
最是那凝香娇柔
回眸千醉
粉了桃颜
粉了飞霞
粉羞了那百花

元宵节·乡念

夹元宵

蘸着糖

绵绵咀嚼慢慢尝

嘴中甜

泪却汪

汤圆圆圆人几方

伏轩窗

向北望

满目乡愁满目苍

心中思

脑中想

远方汤圆可甜香

今夜里

无月光

但愿月亮在故乡

映我情

寄我想

洒向亲人心坎上　　心坎上

初春的感觉

这是春天的花蕾
挨挨挤挤地羞涩地喧哗
热闹地说着它们自己的故事
让微风莫名地惊讶

这是春天的浪花
温柔地映照着初春的浅绿
怕浓郁了江水的清白
悄悄地慢慢地自我反复冲刷

这是春天的小屋
向阳的窗子蒙着淡淡的云纱
暖暖的粉色阳光穿过的
不再是那天涯人的枯藤老树昏鸦

你在哪儿

你在哪儿
雪花说
她正在散步
仔细听
那咔咔的雪地声
正是她开心的音调

你在哪儿
梅花说
她正在赏梅
那红红的花瓣
正是她幸福的微笑

你在哪儿
风儿说
她正在舞蹈
那婀娜的枝条
正是她快乐的写照

你在哪儿
梦在说
你轻点声音

请勿打扰
她在甜甜地酣睡
正在与你紧紧地拥抱

想念同学

已经好久
没看到你们的容颜
于是我
剪一段时光
贴在窗前
把往事定格在
有你们的那些天
任同学情
在空气中
在时光中
慢慢漫延

脚　印

如果不是雨后
恐怕
你的离去
我将找不到任何痕迹

我恨这场雨
偏偏在你选择离去时
要我给记忆

春 天

一脚踏进春天

便是十里桃花，一天燕影

何止是寸寸芦蒿新芽萌萌

何止是小草乍绿软软柔柔

何止是溪水幽幽清清潺潺

何止是杏花初绽染红旧墙

春色，总是关不住的

什么春光，什么春风

荡一下暖阳

多情的游人就会醉去

我也折几枝桃花

支一篱轻荫

饮几盅梅酒

来一场春眠

但愿有一个什么好运

漫漫入梦

今 夜

今夜

灯火阑珊，烟雨弥漫

七彩霓虹

在这迷蒙的雨雾中

也变得如梦如幻

此刻的你

是否安坐在窗前

聆听风的吟唱，雨的呢喃

是否有微风掠过发际

将你衣袂吹拂，把细发轻染

今夜

雨丝捎去我千种柔情

轻梦带去我万般缠绵

让你那如烟的轻愁

随风飘散

用我那一世风情

染红你的指尖

寻找记忆

走过夕阳落下的地方

在暮色中寻找

那片天空下

你曾经远去的方向

风的足迹

迷失在旷野中

时光飞度

任由它流过身旁

我把你的记忆

凝聚成一种希望

却不知何时能填满

我梦里的那片海洋

5201314

雨儿
打湿昨日的记忆
坑坑洼洼的历程
因此而透明

风儿
是追寻你的信使
无声地拂过
今世与来生

无论晴空负了忘川
还是细雨朦胧了眼睛
跳动的心灵
终是 520 的诺言
在一生一世的距离中
与你
如影随行

现代诗篇

妈妈的笑容（儿童诗）

我爱门前的那条小溪
水边的青藤上
总是开着各种各样的花
红的、黄的、粉的、紫的……
争奇斗艳
把溪水都染得五彩斑斓
真是好看
好看的
就像妈妈天天开心的笑容

彩　虹

飞鸿划过天空
翅膀留下七彩轨迹
天和地勾起手指
交谈着甜蜜的秘密

白云偷听
苍色的脸
瞬间
被羞红

那年我们年华正好

握一卷诗书
悄悄把记忆珍藏
那年我们年华正好
那年我们懵懂莽撞
一起走过的日子
撒下一路青春
一路芬芳

曾经也为一朵花
跑遍了山岗
曾经也为一只知了
爬遍了垂杨
曾经也为一个小游戏
弄得满身泥浆
只是为了寻找开心的方向
宁愿迷失
也不迷茫

翻一页书简
依然能嗅到书的淡香
而青春
早已不在来时的路上
那些清晰或模糊的往事
点点滴滴打印在心上
今天虽不再是我们的芳华
却也有无限荣光

五月石榴花

一串串的藤叶
一朵朵的花
恰如
小姑娘的麻花辫
别个红红的小发夹
扮于春
灿于夏

遥想秋风起
丰满的
石榴噘着嘴
或许还有羞涩的她

口杯自语

我是一只简约而又时尚的口杯
在属于我的潮流中肆意陶醉
什么
风儿轻微
雨露沾蕊
什么
红花绿叶
蓝粉霞帔
都是我的代言
代言着我情调而又格调的口碑

我是一只象征幸福与爱情的口杯
一旦拥有
你在梦幻的伊甸园里独享尊贵
什么
蜂儿殷追
彩蝶翻飞
什么
冰清玉洁
优雅妩媚
都是我的心扉
点缀着你人生信彻唯美

农历七月十五忆父母

母亲不在了
但父亲还在
家虽半倾
但仍叫一个家

有了这个家
我仍可自聆为孩子从未长大
我仍有处撒娇讨讨红包喊喊大大
我仍有处告状，告哥告姐不疼我啦

有了这个家
过年过节就有盼头，可用礼品释怀一份牵挂
有事没事打个电话，听听父亲的声音哪怕叽喳
有时没时惦记父亲拭弄的菜园闲养的鸡鸭

有了这个家
每次回去，就知道到何处吃饭何处喝茶
每次回去，就可设法让哥姐聚聚聊聊话茬
每次回去，逢人可开心说那是我的根我的家

现在父龄已大
我越发害怕
万一父亲百年后
我失去的岂止是母亲父亲

还有失去上下辈相互的思念和记挂
还有"上有老下有小"的我时常为傲的那句老话
更是失去一个有温有暖的家

母亲已走了
父亲必须在呀
有你我就有爸爸
有你我就是个娃
有你我们兄弟姐妹就有一个共同的家

妈妈是春天

今天
妈妈带我去玩
在山上
看见好多好多花
红的、黄的、紫的……
圆的、长的，还有小喇叭状的
哈哈，真好看

好看吧
这就是春天
每朵花都是春的孩子
妈妈说

奥，奥……
妈妈，我懂了

看你开心的
就跟花一样

我跟花一样
那妈妈是我的春天了

是啊！是啊！哈哈

哈哈

致同学

假如你有权了
恭喜你
成为公仆
实现你尊享"为人民服务"的机会
实现你展现"鞠躬尽瘁，死而后已"的精神
我们都为你骄傲

假如你有钱了
恭喜你
富甲一方
实现你生活富裕的保障
实现你慈善心愿的梦想
我们都为你骄傲

假如你无权无钱
但或许
你身体是健康的
你夫妻是相爱的
你儿女是出息的
你儿孙是孝顺的
你家庭是和谐的
你时间是自由的
你家四世同堂的
等等，等等

恭喜你

我们都更为你骄傲

不论你拥有哪一点

你都在享受你的生活你的幸福

生命短暂光阴似箭

人生在世

只是行业不同、工种不同、地点不同而已

但诠释人生的意义和境界

要么是奉献度

要么是幸福度

其余的

都是身外之物与浮云

每个人都有他的闪光点

每个人都有他存在的价值

所以人生在世

不必攀不必比

不必妒不必卑

不必怨不必恨

活在当下就是快乐

活着

其实就是幸福

父亲（歌词）

父亲老了，头发白了
父亲老了，眼睛花了
父亲老了，耳朵背了
父亲老了，牙齿掉了

父亲老了，说话糊了
父亲老了，腰脊驼了
父亲老了，步履慢了
父亲老了，反应钝了

这就是老父亲，岁月的淘沙影
这就是老父亲，生活的雕塑型

父亲无所求，父亲无所盼，父亲心愿很简单
笑在儿女都健康
乐在子孙皆平安

父亲愿为家，父亲愿为山，父亲心愿很简单
心满儿女有孝心
意足子孙常来伴

这就是老父亲
大爱无所求的老父亲
这就是老父亲
心愿好简单的老父亲

信　念

我站在山巅

任凭风儿拂乱我的头发

俯视山下

哪儿才是我心灵的港湾

我渴望的

或被山雾遮掩

或被尘砂封挡

明知活生生的现实

满是沟壑和荆棘

可我仍然要苦苦寻觅

我坚信

我心中的明月就在前方

我心中的霞光就在前方

我坚信

美好的愿望一定也在我的前方

笑等我的阳光

中秋心语

今夜
我把被相思淋湿的月亮
晾在窗前
慢慢风干
我那离情的泪水

七夕瑕想

一不小心撞上了你
从此我的世界
充满了瑕想
一季花开
一季叶落
揉一片深情
期待再一次
撞入你的怀抱

感 召

感召
恰如一种信念
夯实一种坚强
心中自寻痛苦
心底却是
春意芬芳
不必作秀的铺排
却给人生留下
挥之不去的画廊
等
回首时
慢慢地散发
幽香

出游漫想

春天好美
你说一起踏青去
这句话
如牡丹花开
我守候了一春的芬芳

夏天好美
你说一起采莲去
这句话
如荷塘月色
我仰望着整夏的清香

秋天好美
你又说一起赶海去
这句话
如菊花台词
我欢喜着满秋的金黄

冬天好美
你又说一起滑雪去
这句话
如梦境一般
我温暖着一冬的梦想

其实啦
不必出游
你就是我的四季
美丽的我一生绽放

母亲六周年祭

六年的时光
感觉很短很短
母亲的
模样还是那样清晰
声音仍在耳旁
但一切终归虚幻
遗憾中捂着脸
泪水滚烫

六年的时光
感觉很长很长
我也皱纹满脸了
鬓白发殇
隐隐中没有母爱的滋养
难过中捂着脸
泪水滚烫

六年的时光
无需论去短长
毕竟
母爱永恒
思念久藏
母亲不在了
但儿思念的泪水
一生滚烫

亲近大海

踏踏浪花
吸吸海风
沙滩软软的
小脚丫们
欢快的
深深浅浅

冲浪的驰驰舟
摄影的逗海鸥
戏潮的踢浪涌
谈情的手牵手

有人问我
有啥开心
我望望蓝天
看看大海
再瞧瞧同伴
我笑了
一脸彩霞

忆长兄

大哥走的时候
天下起雨
鸦声也阵阵
恰似
与我同悲

大哥走的时候
不再喊疼了
不再呻吟了
而我的心
却好痛

从此后
悲痛
数落了
我的眼泪
晕了水墨
晕了岁月
却无法
晕去对大哥的怀念

思　念

灯光下
我用文字
将所有的思念
一一排列
随时等待着
你来翻阅

都说思念
是一种痛苦的愉悦
只有那些日渐发黄的日记才会知道
多少个夜晚
我却只能用泪水去浇灌
期待与你牵手的日月

默默思念

是谁
望着明月
披着霞彩
等你长发及腰

是谁
研着浓墨
展开心纸
把你幸福勾描

是谁
哼着小调
跳着舞蹈
让你快乐不老

你从来不说
我也不知道
只是
每次相见
我们
不是相视一笑
就是相拥相抱

绍兴"会友"

来到绍兴
自聆为文化人
到兰亭
点了几粒茴香豆几瓣臭豆腐
再加一瓶会稽山黄酒
穿越一下历史
请几位文人骚客一聚

酒过三巡，才情无忌
鲁迅说蔡元培抓文化尚可，文章差矣
陆游说鲁迅文章尚可，诗词差矣
王羲之说陆游诗词尚可，字差矣
王冕说王羲之字尚可，画差矣
蔡元培说王冕画尚可，文化差矣

一阵讥言诽语后
众人望我
此时我何偿是文化人
文盲也
为不尴尬
幸好有灵机，回应道
你们说的都是鬼话

什么是爱

油菜花开时
牵你的手一起
共同感受春野的韵息

骄阳似火时
挽一朵朵浪花
为你拂去夏日的风尘

风吹稻穗时
我们趁金风而来
一起收割秋实的喜悦

雪花飘舞时
采摘一树梅花
馨香你整个冬天

什么是爱
开心四季
四季暖怀

暖　流

一首诗
写在冬天里
化作漫天洁白的梦想
你说背过身去
就能实现最美的愿望

于是
我转过身且闭上眼
静静等待中
有一丝渴望
有一丝想象
也有一丝紧张

忽然一股暖流
温柔地慢慢地向我手心里荡漾
那是幸福的温度
你刚刚好
就在身旁

我多希望

我多想
那月牙儿
挂在数梢上
不要变圆
让皎洁的月弯成为你幸福的港湾
每当夜里
我只要
抬起头
看见了月儿
也就看见了你

现代诗篇

蜜蜡琥珀缘

静躺原野
呷一口溪水
吸一腔秋风
漫赏
浮云幽幽
明月依依

串一腕蜜蜡
绕一项琥珀
绮媚着黄润
婉约着晶莹
深唱
一曲尘缘的歌

遐　想

你
映着夕阳
美丽的
一脸霞光
婀娜身影
飘逸的
我
云烟遐想

时间与青春

不需要去远方
时间与青春
都在一首诗里
文字激昂

在没有雨的日子
颜色更好
调配一盏相思
品味
或者收藏

秋　枫

枫叶

飘落

迷着秋容

撩着秋心

亦摇亦摆

亦轻亦盈

婉约着

谁

红红的梦境

秋 荷

秋荷

凋零残败

碎了容颜

也不堕落

风掠过

不忘婀娜

醉下时光

水墨眼眸

等 你

扯一把芦苇
沾一湖秋水
把
轻风斜烟
细雨闲愁
一一描透
等你
横了舟楫
碎了时光
入画入眸
同尝一下美景
可否

现代诗篇

中秋节

蘸一笔浓墨

题一阕清词

任由轻风拂出

桂香

菊芳

兰韵

待夜色如烟

酒入思念

我们同赏一下

中秋月圆

如何

徜徉生活

裹着
一身的阳光
一身的竹韵
和花草的芳香
坐于风中
徜徉着
如水的文字
如酒的文章
任岁月
在一烟一茶一书中
如歌流淌

现代诗篇

下雨了

下雨了
看不见月亮
所有的思念
全依在夜窗
伴随
芭蕉沥沥
桂花离落
以及
雨点中泛起的
我的泪光

芦苇的自白

不在乎你照
不在乎你拍
只在乎
我清扫的天空
是否很蓝
云也很白

不在乎大人
不在乎小孩
只在乎
你因我秋天的风采
是否雀跃
心如花开

不在乎青涩
不在乎雪埋
只在乎
明年此时
我如期飞花
你是否还来

歌秋颂月

有人说秋风很凉
有人说秋风很爽
而我正感受着秋风的凉爽

有人说秋月很明
有人说秋月很亮
而我正享受着秋月的明亮

有人说秋天草枯叶黄
有人说秋天彰显凄凉
而我说秋天就是成就
谷丰果香

有人说月圆丰盈
有人说月亮心畅
而我说月圆月亮
诗一般的遐想

不经历秋凉秋爽
菊黄桂香何处欣赏
蟹肥榴甜又何处品尝
没有那月圆月亮
团圆团聚如何盼望
幸福美满又如何设想

感谢金秋

让我们视角荡漾，满目金黄

让我们心中喜悦，收获保障

感谢圆月

让我们心追故乡

让我们情浓意长

今儿又是金秋季

今儿又是月明时

我们应拉起手，唱起歌

同沐风采

同浴秋光

虾的求饶

我始终弯着腰

一直在求饶

可你们还是不依不饶

捕得捕捞得捞

蒸得蒸炒得炒

玩我青春

毁我心跳

还把"38 元"羞辱成我的绰号

气死我也

能不

脸红发烧

（38 元一只虾，来自青岛曾经出现的餐饮宰客事件。）

雨中的一朵红花

红着脸

为谁

绽开蕊

垂下头

为谁

蹙着眉

或许吧

不为一个简单的轮回

随雨翻飞

寂静等候

三生中

谁来擦泪

一地乡愁

谁又把秋天

悄悄地播在水中山间

昨夜

枯了我庭前的树

今晨

惊飞了檐下的雁

现在

又撞开

我的心

撒落了一地的乡愁

一季秋景

一季秋景
遮掩了愁肠
你倘若在场
是多么的美好

听梧桐夜语
闻丽菊夜香
用缠绵的月色
把心情写进秋光
将收获
细心收藏
将忧伤
慢慢淡忘

生活最高境界

生活最高境界

其实就是

斜倚床前

任凭那酒

把风雨

回忆

甜蜜

如歌岁月

统统醉入

如诗的梦里面

鼾动心弦

雪

你
潇潇洒洒
装点着万物的外衣
用洁白
诠释世界的美丽
或许容颜难再具体
明日的阳光更会掠去你的希冀
可是此刻
你轻盈着冬的韵律
冬的生机
在寒冷中
飘逸着融融心意
把情怀许给天与地

现代诗篇

221

最好的风景

风景
看多了
也都着淡酒

风景
看多了
也都是闲茶

风景
看多了
也就如那几句诗词
天苍苍，野茫茫，风吹草低见牛羊
枯藤老树昏鸦，小桥流水人家
……

其实
最好的风景
不是青山绿水
夏荷秋菊
而是夕阳下
你我
或饮酒
或品茶
一个笑靥如花
一个意气风发